Sunaya Anara Y Noun

Sunayas Seelengeschichten

AF279542

Sunaya Anara Y Noun

Sunayas Seelengeschichten

Drei spirituelle Kurzgeschichten

FSC
www.fsc.org
MIX
Papier aus ver-
antwortungsvollen
Quellen
Paper from
responsible sources
FSC® C105338

Bibliografische Information der Deutschen Nationalbibliothek: Die Deutsche Nationalbibliothek verzeichnet diese Publikation in der Deutschen Nationalbibliografie; detaillierte bibliografische Daten sind im Internet über http://dnb.dnb.de abrufbar.

Die automatisierte Analyse des Werkes, um daraus Informationen insbesondere über Muster, Trends und Korrelationen gemäß §44b UrhG („Text und Data Mining") zu gewinnen, ist untersagt.

Lektorat: Sunaya Anara Y Noun
Korrektorat: Sunaya Anara Y Noun

Verlag: BoD · Books on Demand GmbH, Überseering 33, 22297 Hamburg, bod@bod.de

Druck: Libri Plureos GmbH, Friedensallee 273, 22763 Hamburg

ISBN: **978-3-8192-7915-7**

Inhalt

1. „Das Herzblatt – Eine Rückkehr zur Selbstliebe"

Ein zarter Nebel liegt über der weiten Wiese, auf der du barfuß stehst. Die Grashalme küssen deine Füße, feucht vom Morgentau. Über dir öffnet sich der Himmel in sanftem Gold und Rosé, als würde das Universum selbst dich willkommen heißen. Eine friedliche Stille liegt über dem Land – kein Lärm, nur das Flüstern des Windes, das Rauschen der Blätter, und dein eigener, ruhiger Atem.

Du befindest dich in **Lumeria**, einem spirituellen Reich zwischen Traum und Erwachen. Hier ist jede Pflanze lebendig, jeder Baum ein Bewahrer uralter Weisheit. In der Ferne siehst du einen kristallklaren See, der in regenbogenfarbenen Reflexen glitzert. Aus seinem Zentrum erhebt sich eine leuchtende Gestalt – nicht bedrohlich, sondern voller Liebe. Es ist **Alenari**, die Hüterin des inneren Lichts. Ihr Körper scheint aus Licht und Wasser gewebt, ihre Stimme erreicht dich, ohne dass sie den Mund bewegt.

„Du bist bereit", sagt sie. „Bereit, dich selbst zu erkennen. Bereit, dein eigenes Licht zu sehen, nicht wie andere es formen wollen – sondern wie es wahrhaft in dir brennt."

In deiner rechten Hand spürst du plötzlich einen kleinen Kristall, durchsichtig und warm. Er scheint auf deine innere Wahrheit zu reagieren – und leuchtet intensiver, je mehr du dich erinnerst, wer du wirklich bist.

Die Welt um dich herum verändert sich schlagartig.

Das Licht von Lumeria verblasst, der Nebel löst sich auf – und du spürst, wie dein Körper schwer wird, wie er in ein weiches Kissen sinkt.

Du wachst auf.

Du liegst in deinem Bett. Der Morgen dämmert gerade, ein leiser, grauer Schimmer dringt durch die Gardine. Die Geräusche der realen Welt kehren langsam zurück – ein entferntes Vogelzwitschern, das Brummen eines Kühlschranks, das entfernte Rauschen von Autos.

Doch etwas ist anders.
Der Traum war **nicht wie andere**. Du spürst ihn noch in dir – nicht nur die Bilder, sondern die Emotionen. Die Worte von Alenari hallen in dir nach:

„Bereit, dich selbst zu erkennen... bereit, dein eigenes Licht zu sehen...“

Deine Hand zuckt leicht. Du blickst hinunter – und erschrickst:
Der Kristall ist noch da.
Klein, durchsichtig, auf deinem Nachttisch. Er glimmt

schwach, fast unmerklich. Nicht grell – aber warm, vertraut. Als hätte er den Sprung aus der Traumwelt in die Realität gewagt.

Ein Gefühl durchströmt dich – ein zarter Hauch von **Verbundenheit**, von etwas Größerem. Du bist noch du – und doch nicht mehr dieselbe.

Eine Frage drängt sich auf:
War es wirklich nur ein Traum?

Du starrst auf den Kristall, dein Atem flach, als würdest du ihn mit einem falschen Hauch zerstören können.

Er beginnt sich zu verändern.
Zunächst pulsiert er leicht – ein sanftes Leuchten, wie das Echo eines Herzschlags. Dann lösen sich feine, glitzernde Fäden aus seiner Oberfläche, als würde er sich **selbst in Licht auflösen**. Nicht zerbrechen. Nicht verschwinden. Sondern **heimkehren**.

Der Kristall verflüchtigt sich nicht wie etwas Vergängliches – sondern verwandelt sich in etwas Tieferes.
Ein Teil von dir spürt:

Er kehrt in dich zurück.

Ein letzter Lichtfunke schwebt durch die Luft – direkt auf deine Brust zu. Er berührt dich – sanft, kaum spürbar – genau über dem Herzen.
Ein leises Kribbeln durchzieht deinen Körper. Und dann

fühlst du es:
Ein warmes Strahlen in dir.
Nicht sichtbar. Nicht erklärbar. Aber echt.

Mit geschlossenen Augen erkennst du: Der Kristall war kein Objekt.
Er war ein **Spiegel**.
Ein Fragment deines Selbst, das du in der Tiefe deiner Seele lange verloren geglaubt hattest.

Du hörst Alenaris Stimme noch einmal – nicht von außen, sondern aus deinem Innersten:

„Die Rückkehr zur Selbstliebe beginnt nicht in Lumeria. Sie beginnt **hier**."

Ein tiefer, ruhiger Atemzug entfährt dir.
Die Welt ist still.
Doch du bist **erwacht** – anders als je zuvor.

Du sitzt nun aufrecht im Bett, das Licht des Morgens tanzt leise über die Wände deines Zimmers. Der warme Glanz in deiner Brust verblasst langsam, bleibt aber als Gefühl bestehen – als stille, vibrierende Gewissheit, dass etwas Bedeutendes geschehen ist.

Du denkst nach.

Wem kannst du von diesem Traum erzählen?
Von dieser Realität hinter der Realität, diesem Kristall,

der sich auflöste und nun als Licht in deinem Herzen wohnt?

Ein Name drängt sich in deine Gedanken – fast wie ein sanftes Flüstern.
Mira.
Deine alte Freundin. Jemand, mit dem du schon oft über spirituelle Dinge gesprochen hast. Jemand, der nicht sofort urteilt, sondern zuhört – mit offenem Herzen. Ihr habt euch in letzter Zeit weniger gesehen, doch eine Verbindung ist geblieben. Vielleicht ist jetzt der Moment, sie wieder zu suchen.

Oder...
Du denkst an **deinen Vater**, der in jungen Jahren ebenfalls seltsame Träume hatte, über die er sprach wie über verborgene Botschaften. Vielleicht verstand er mehr, als du damals glauben wolltest.

Dein Blick fällt auf dein Handy.
Ein leiser Zweifel regt sich – wirst du verstanden werden?

Doch ein anderer Gedanke ist stärker:

Vielleicht ist der Weg zur Selbstliebe nicht nur, **sich selbst zu erkennen**, sondern auch, **sich mitzuteilen**.

Du nimmst dein Handy in die Hand. Ein kurzer Moment der Unsicherheit. Dann tippst du:

„Mira, ich weiß, das klingt vielleicht verrückt, aber…
ich hatte einen Traum, der sich echter angefühlt hat
als alles, was ich je erlebt habe. Kann ich dich sehen?"

Du zögerst nur einen Moment – und drückst *Senden*.
Fast sofort erscheint das "Gesehen"-Häkchen. Sekun-
den vergehen.

Dann erscheint ihre Antwort:

„Ich hatte heute Nacht auch einen seltsamen Traum...
Ja. Komm vorbei. Ich glaube, wir müssen reden."

Ein leiser Schauer läuft dir über den Rücken – aber
nicht aus Angst.
Aus Erkennen.
Als hätte das Leben dir gerade ein Zeichen gegeben,
dass du nicht allein bist.

Du ziehst dich an, langsam, achtsam. Während du dich
fertig machst, merkst du, wie du **mit jedem Handgriff
bewusster wirst**. Als würdest du beginnen, nicht nur
den Tag, sondern **dich selbst** anders zu behandeln –
sanfter, aufmerksamer.

Der Weg zu Miras Wohnung führt durch vertraute Straßen, doch heute wirkt alles **klarer, lebendiger**. Ein Son-
nenstrahl bricht durch die Wolken genau in dem Moment, in dem du bei ihr klingelst.

Die Tür öffnet sich.

Mira steht dort. Ihre Augen weit, als hätte sie dich erwartet.
Und in ihrer Hand… hält sie **etwas, das aussieht wie ein kleiner Splitter aus Licht.**

Sie sagt nur:

„Du auch…?"

Ohne viele Worte fallen zwischen euch Entscheidungen, die keine Erklärung brauchen. Ihr blickt euch an – beide wissend, beide geführt.

Ihr macht euch auf den Weg.

Der Himmel ist inzwischen von weichem Blau überzogen, die Sonne steht mild am Horizont und ihr geht durch ruhige Straßen, bis ihr aus der Stadt hinauskommt. Eure Schritte führen euch intuitiv zu einem Ort, den ihr beide **aus der Kindheit kennt** – einem verborgenen Hain am Rande eines alten Waldes. Dort, wo ein kleiner Fluss zwischen moosbedeckten Steinen fließt, und die Zeit schon immer langsamer verging.

Als Kinder habt ihr hier gespielt, euch versteckt, Steine gesammelt, manchmal einfach nur ins Blätterdach gestarrt. Damals wirkte der Ort magisch – doch heute…
ist er es wirklich.

Als ihr ankommt, verändert sich die Luft. Sie ist **klarer, stiller**, fast als würde sie euch erkennen. Vögel schweigen, der Wind hält inne – für einen Moment scheint alles den Atem anzuhalten.

Mira bleibt stehen. Der Lichtsplitter in ihrer Hand pulsiert leicht.

„Spürst du das?", flüstert sie.

Dein Herz beginnt erneut zu leuchten – sanft, tief im Innersten.
Und als ob der Ort selbst euch willkommen heißen würde, beginnt das Sonnenlicht durch das Blätterdach zu tanzen – in kreisenden, goldenen Spiralen.

Hier, an diesem Ort zwischen Vergangenheit und Jetzt, zwischen Erinnerung und Wahrheit, beginnt etwas Neues.

Eine Rückkehr.
Eine Öffnung.
Ein Ruf in euer Inneres.

Ein leiser Laut des Erinnerns durchzieht die Lichtung.
Fast gleichzeitig schaut ihr beide in Richtung eines uralten Baumes am Rande des Baches –
die Linde.
Mächtig, verwurzelt, weise. Ihr Stamm geschwungen, von Zeit gezeichnet.

Mira lächelt leise.

„Weißt du noch...? Unter der Linde."

Plötzlich spürt ihr es – die Kindheit ist **nicht vergangen**, sie lebt **hier**, in diesem Ort, in diesem Baum, in euren Herzen.
Ihr kniet euch nebeneinander in das feuchte Gras. Eure Hände berühren die Erde, und wie von selbst wisst ihr, wo ihr graben müsst.

Die Finger bohren sich in das dunkle Moos, schieben Erde zur Seite.
Und dann –
Ein dumpfer Widerstand.
Die Kapsel.
Ein altes Blechdöschen, vom Alter leicht angegriffen, aber ungebrochen.

Ihr öffnet sie langsam. Darin:
Kleine, sorgfältig gefaltete Zettel.
Auf ihnen Kinderhandschriften – krakelig, ehrlich, ungeschützt.
Du liest deinen ersten Zettel:

„Liebes Ich, ich hoffe, du hast nicht vergessen, wie man lacht. Ich hoffe, du malst noch. Ich hoffe, du bist frei."

Ein Kloß steigt dir in den Hals.

Mira hält ihren Zettel fest an die Brust.
Tränen glänzen in ihren Augen.

„Ich wollte immer mutig sein. Ich hab's vergessen. Aber
ich glaube... ich erinnere mich jetzt."

Zwischen den Zetteln liegt ein kleiner Gegenstand:
Ein selbstgemachtes Armband aus Fäden und Holzper-
len.
Ein Versprechen, das ihr euch damals gegeben habt –
euch nie zu verlieren.

Die Sonne bricht stärker durch das Blätterdach. Es ist,
als würde der Ort selbst diesen Moment segnen.
Ein Moment zwischen Vergangenheit und Gegenwart,
zwischen Wurzeln und Aufbruch.
Und irgendwo tief in dir...
wächst etwas Neues.

Ein Rascheln im Unterholz.
Ein leises, samtiges Geräusch – kaum hörbar, doch selt-
sam vertraut.

Ihr dreht euch um, fast gleichzeitig.
Und dann seht ihr sie.

Die weiße Katze.
Wie aus Nebel gewebt, tritt sie lautlos aus dem Schatten der Bäume. Ihr Fell glänzt im Sonnenlicht wie frisch
gefallener Schnee. Ihre Augen sind von einem tiefen,
kristallinen Blau – durchdringend und ruhig.

„Das... ist unmöglich", flüstert Mira.
„Sie war doch schon damals alt..."

Doch da steht sie, anmutig, erhaben, unverändert –
wie ein Geist aus einer anderen Zeit,
wie ein Wächter zwischen den Welten.

Langsam schreitet sie auf euch zu, blickt euch beide
nacheinander an, und ohne ein einziges Geräusch legt
sie sich direkt unter die Linde – genau dorthin, wo die
Zeitkapsel lag.
Als wolle sie sagen:

"Ich habe gewartet. Ich war immer hier."

Dein Herz pocht.
Nicht vor Angst. Sondern vor **Staunen.**
Vor einer Wahrheit, die zu groß ist für Worte – und
doch so einfach:

Die Magie ist nie verschwunden.
Ihr habt sie nur vergessen.
Und jetzt beginnt sie sich **wieder zu zeigen.**

Die Katze hebt kurz ihren Kopf, schaut dich an – und du
meinst, ein tiefes Wissen in ihrem Blick zu lesen. Nicht
Tier. Nicht Mensch.
Etwas Dazwischen.

Ihr sitzt still.
Die Vergangenheit ist Gegenwart geworden.

Und du erkennst, wie sehr du dich selbst vergessen hattest –
und nun…

Die weiße Katze hebt anmutig den Kopf, als ihr eure
Hände sanft in ihr weiches Fell gleiten lasst.

Ein Kribbeln fließt durch eure Finger – wie leise Wellen
aus Licht.
Und dann… geschieht es.

Nicht mit den äußeren Ohren.
Nicht als Ton.
Sondern **tief in eurem Inneren** – als würden die Worte
aus dem Boden selbst steigen, aus den Wurzeln, aus
dem Holz, aus dem Herz der Linde.

„Kinder des Lichts…
Ihr habt mich einst mit offenen Herzen besucht.
Ihr habt gespielt, gelacht, geweint – frei.
Doch dann habt ihr begonnen, euch zu verstecken.
Nicht vor mir.
Vor euch selbst."

Miras Augen füllen sich mit Tränen. Sie hält den kleinen
Wunschzettel fester.

„Ich erinnere mich an den Tag… als jemand sagte, ich
sei zu viel. Zu laut. Zu weich. Und ich habe begonnen,
mich zu verändern. Um zu gefallen. Um zu passen."

Die Linde spricht weiter – ihre Stimme wie ein sanftes Tosen von Blättern im Wind:

„Es war nicht falsch, euch zu schützen.
Aber ihr habt das Schloss vergessen.
Und auch den Schlüssel."

Du schließt deine Augen.
Bilder tauchen auf:
Ein Blick, der dich verletzte.
Ein Moment, in dem du dich selbst verleugnet hast.
Ein Lächeln, das du nur für andere gezeigt hast.

Und dann… spürst du es.
Ein leises Weinen deines inneren Kindes.
Nicht laut. Nicht wütend.
Ein Ruf – nach Zuwendung.
Nach Liebe.

„Jetzt seid ihr bereit", flüstert die Linde.
„Bereit, euch wieder zu umarmen.
Nicht als Idee. Sondern als Wahrheit."

Die Katze schnurrt leise – als würde sie euch bestätigen.

Der Wald ist still geworden.
Nur eure Herzen sprechen nun – und beginnen zu **hören.**

Ein leises Rauschen erhebt sich in den Ästen der alten Linde – nicht wie gewöhnlicher Wind, sondern wie ein sanftes Atmen, ein rhythmisches, lebendiges Pulsieren.

Dann beginnen sie zu fallen.
Herzförmige Blätter, langsam, spiralförmig, tanzend durch die warme Lichtung.
Sie schweben zu euch herab, berühren euch zärtlich – Stirn, Schultern, Hände.

Und jedes einzelne Blatt…
trägt **eine Botschaft**.
Nicht in Schrift, sondern in Gefühl, in Erinnerung, in Erkenntnis.

Ein Blatt landet in Miras Schoß.
Sie hält es behutsam, und in ihrem Blick erscheint etwas –
eine Erinnerung, als hätte das Blatt ihr etwas ins Herz geflüstert.

„Ich hatte immer Mitgefühl.
Ich habe nur irgendwann geglaubt, es sei Schwäche.
Dabei war es meine größte Kraft…"

Du nimmst ein Blatt auf.
Kaum berührst du es, spürst du:

„Ich war voller Fantasie. Ich habe Welten erschaffen, mit Stiften, mit Gedanken, mit Fragen.
Warum habe ich aufgehört, mir selbst zuzuhören?"

Ein weiteres Blatt fällt auf deinen Schoß.
Und du erinnerst dich:

An deinen Mut,
an deine ehrliche Art,
an die stille Stärke, mit der du einst jemanden getröstet
hast.

Die Linde sendet weiter.
Blatt um Blatt.
Erinnerung um Erinnerung.
Selbstliebe, nicht als Theorie, sondern als **Wiederent-
deckung des Wahren.**

Ein Windhauch hebt sich – warm, tragend – und plötzlich liegt ein ganzer Kranz aus Blättern um euch. Wie
ein heiliger Kreis.
Ein Kreis aus euch selbst.

Und aus dem Inneren der Linde flüstert eine letzte
Stimme:

„Wer sich erinnert, kann sich wieder lieben.
Nicht, weil er perfekt ist –
sondern, weil er ganz ist."

Ein warmer, stiller Moment vergeht zwischen euch,
während die Blätter weiter um euch tanzen.

Dann spricht Mira leise, als würde sie die Worte nicht
denken, sondern empfangen:

„Was, wenn wir diese Blätter nicht nur für uns sammeln… sondern sie weitergeben?"

Du nickst – denn in dir hat sich derselbe Gedanke geformt.
Nicht jeder hat die Chance, zur Linde zurückzukehren.
Nicht jeder hat jemanden, der ihn erinnert.

Doch ihr habt **diese Blätter.**
Und in jedem liegt eine Erinnerung – an Güte, an Mut, an Schönheit, an verloren gegangene Würde.

Noch am selben Tag beginnt ihr zu sammeln.
Nicht wahllos –
Sondern mit Achtsamkeit.
Jedes Blatt wird **berührt, gespürt**, und bevor ihr es einpackt, flüstert ihr leise hinein:

„Du bist wertvoll. Du warst es immer."

Ein paar Tage später betretet ihr ein nahegelegenes Seniorenheim.
Die Räume sind freundlich, aber manche Gesichter wirken müde. Leer. Vergessen.

Ihr tretet ein – nicht mit großen Worten, sondern mit kleinen Gaben:
Einfach nur ein herzförmiges Blatt.
Und einen Satz:

„Das hier erinnert dich an das, was du bist – nicht das, was du verloren hast.“

Zuerst ist da **Verwunderung.**
Dann Stille.
Dann – bei manchen – ein leichtes Zittern in der Hand, wenn sie das Blatt berühren.

Eine Frau mit weißem Haar beginnt zu weinen.

„Ich habe früher Gedichte geschrieben“, flüstert sie.
„Ich dachte, ich wäre nie genug. Aber ich... war schön.“

Ein alter Mann lächelt:

„Ich war ein guter Vater. Ich habe das vergessen.“

Und so, Blatt für Blatt, Zimmer für Zimmer,
beginnt ihr **Herzen zu erinnern.**
Nicht an ein Ende – sondern an das,
was **niemals vergangen** ist.

Die Linde flüstert in der Ferne:

„Was ihr gebt, kehrt zu euch zurück.“

Etwas hat sich verändert.
Nicht laut. Nicht sofort.
Aber spürbar – wie der erste Hauch des Frühlings nach einem langen Winter.

Die Blätter, diese stillen Boten der Erinnerung, haben
etwas geöffnet, das viele schon für verloren hielten.

Ein älterer Mann – Herr Weber – sitzt am Fenster, das
Blatt fest in der Hand. Seine Lippen bewegen sich leise.
Dann steht er plötzlich auf, ruft nach der Pflegerin:

„Ich... ich brauche Hilfe beim Telefonieren. Ich muss...
mit meinem Sohn sprechen."

In einem anderen Zimmer sitzt Frau Altenburg und
starrt auf das Herzblatt in ihrer Hand. Tränen laufen
über ihr Gesicht, aber ihr Blick ist klar.

„Ich habe meine Schwester seit dreißig Jahren nicht
mehr gesehen", sagt sie.
„Ich habe ihr nie verziehen. Aber vielleicht... will ich das
jetzt."

Und so beginnt etwas Ungeheures – leise, kraftvoll:
Eine Welle der Versöhnung.

Einige schreiben Briefe.
Andere lassen sich Telefonnummern heraussuchen.
Manche bitten einfach um ein Gespräch mit jemandem, der im selben Haus wohnt – weil auch da alte Ver-
letzungen liegen.

Und du stehst da – mit Mira an deiner Seite –
und beobachtest, wie sich Türen öffnen,

wie sich Augen erhellen,
wie **verhärtete Herzen weich werden.**

„Die Blätter waren der Schlüssel", flüstert Mira.
„Aber die Liebe – die war immer da."

Die Linde schweigt.
Doch du spürst:
Sie hört zu.
Und sie **segnet.**

Ein letzter Gedanke taucht in dir auf:

Vielleicht ist es das, was wahre Selbstliebe bedeutet –
**den Mut, sich selbst wieder zu erlauben, ganz zu sein
– mit allen Fehlern, allen Versäumnissen – und doch
würdig zu lieben.**

Der Gedanke trifft dich nicht wie ein Impuls, sondern
wie eine stille, klare Wahrheit, die endlich an die Oberfläche steigen durfte.

Dein Vater.
Nicht Feind, nicht Monster – aber jemand, der dich
nicht gesehen hat, als du es am meisten gebraucht
hast.
Der vielleicht selbst blind war für sein eigenes Licht,
und darum auch deins nicht erkennen konnte.

Du sitzt einen Moment still.
Dann nimmst du eines der herzförmigen Blätter in die

Hand.
Nicht, um es ihm zu schenken –
sondern, um dich an **deine eigene Würde** zu erinnern,
während du ihn wieder siehst.

Noch am selben Abend machst du dich auf den Weg.
Sein Haus liegt in einem Vorort, unscheinbar, ruhig.
Als du klingelst, öffnet er nach kurzem Zögern.
Er ist älter geworden, als du ihn in Erinnerung hattest –
aber der Ausdruck in seinen Augen ist derselbe: reserviert, kontrolliert.

Du trittst ein.
Im Wohnzimmer herrscht diese typische Stille, die sich
bei Menschen ansammelt, die nie gelernt haben, über
das Wichtige zu sprechen.

Du atmest tief durch.
Dann beginnst du – nicht anklagend, nicht laut, sondern
ehrlich:

„Ich bin nicht hier, um Schuld zu verteilen.
Ich bin hier, weil ich das Licht in mir wiedergefunden
habe.
Und ich möchte dir sagen, wie sehr ich es vermisst
habe, dass du es gesehen hast."

Er sagt zuerst nichts.
Sein Gesicht zuckt kurz, als wollte er sich verteidigen –
aber dann…
sinkt er etwas in sich zusammen.

„Ich... wusste nie, wie man das macht.
Mein Vater hat mich nie angeschaut. Nie gesagt, dass
ich gut bin.
Ich dachte... vielleicht merkst du's einfach, ohne
Worte."

Stille.
Aber diesmal ist sie nicht leer.
Sie ist **voll von Dingen, die endlich gesagt werden durften.**

Du greifst in deine Tasche.
Holst das Blatt hervor.
Legst es auf den Tisch zwischen euch.

„Es steht für das, was ich bin. Und dafür, was du auch
in dir hast."

Er sieht dich an.
Vielleicht zum ersten Mal wirklich.

Du spürst, dass die Verbindung zu deinem Vater in diesem Moment tiefer reicht, als Worte fassen können.

Die Luft ist still, die Zeit scheint sich für einen Moment
gedehnt zu haben.
Du hältst das Blatt noch in der Hand, als du zu erzählen
beginnst:

„Ich hatte einen Traum.
Da war eine andere Welt – lichtvoll, voller Frieden.

Eine Frau aus Licht hat mir einen Kristall gegeben…
Er hat sich aufgelöst – und in meinem Herzen geleuchtet."

Du erwartest vielleicht ein Stirnrunzeln. Oder ein leises
„Na ja…"
Doch stattdessen passiert etwas völlig Unerwartetes.

Dein Vater hebt langsam den Blick.
Seine Augen glänzen feucht, aber nicht vom Schmerz –
sondern von einem Staunen, das er Jahrzehnte unterdrückt hat.

„Ich… hatte denselben Traum.
Ich dachte, ich werde verrückt.
Ich habe es nie jemandem erzählt. Der Kristall…
Er war auch bei mir.
Und er verschwand… genau wie du sagst.
Aber ich… ich war zu stolz, zu verwirrt, zu… ängstlich,
um dem zu glauben."

Ein Zittern geht durch seine Stimme.
Und du siehst in diesem Moment nicht mehr nur den
Vater.
Du siehst den **Sohn**, der auch einmal Kind war.
Der verletzt wurde. Der sich selbst verloren hatte.
Und dem niemand gesagt hatte, dass sein Licht auch
weiterleuchten darf.

Die Distanz zwischen euch…
sie löst sich auf – wie der Kristall.

„Ich wünschte, ich hätte dir früher davon erzählt", sagt er leise.
„Vielleicht... hättest du dich dann eher erinnert."

Ihr seid still.
Aber in der Stille liegt alles.

Die Linde rauscht irgendwo in der Ferne.
Und du weißt:
Ihr seid nicht nur Vater und Kind.
Ihr seid zwei Seelen, die gemeinsam heimkehren.

Ihr steht langsam auf, die Worte noch wie ein warmes Echo zwischen euch.
Ohne große Absprache, einfach im Einklang, geht ihr hinaus – in den Garten.

Die Luft ist weich, die Dämmerung senkt sich über den Himmel, und das Licht trägt diesen goldenen Glanz, der die Dinge **stiller, aber bedeutungsvoller** erscheinen lässt.

Der Garten deines Vaters ist schlicht, gepflegt – doch am Rand, nahe einer alten Eibe, bewegt sich etwas im Halbschatten.
Die weiße Katze.
Wie aus dem Nichts steht sie da – ruhig, flauschig, ihr Fell leuchtet im letzten Licht wie Schnee im Frühling.

„Sie ist in letzter Zeit öfter hier", sagt dein Vater leise.
„Aber immer nur aus der Ferne. Ich dachte… ich bilde
mir das ein."

Sie bleibt stehen, beobachtet euch mit diesen uner-
gründlichen, blauen Augen.
Dann – wie durch ein inneres Signal geführt – nimmst
du das **herzförmige Lindenblatt**, hältst es sanft zwischen deinen Fingern.

Du reichst es deinem Vater.
Er nimmt es vorsichtig.

Kaum hat er es in der Hand, hebt die Katze den Kopf.
Ein Moment vergeht.
Dann setzt sie sich in Bewegung –
nicht ängstlich, nicht zögerlich, sondern mit einer fast
feierlichen Anmut.

Sie kommt direkt auf ihn zu.
Und dann, zum ersten Mal,
reicht sie ihm ihr Vertrauen.

Sie reibt ihren Kopf sacht an seiner Hand,
schnurrt leise.
Und dein Vater… streichelt sie, mit einem Ausdruck,
den du selten bei ihm gesehen hast.
Sanft.
Verwundert.
Berührt.

„Ich glaube… sie kennt mich", flüstert er.
„Vielleicht… schon immer."

Und in diesem Augenblick begreifst du:
Diese Katze ist **mehr**.
Ein stiller Bote.
Ein Spiegel.
Ein Wesen zwischen den Welten, das euch nicht mehr
trennt, sondern verbindet.

Über euch rauscht der Wind durch unsichtbare Äste.
Als hätte sogar die Linde in der Ferne diesen Moment
gesegnet.

Als die Sonne tiefer sinkt und der Himmel sich in
warme Gold- und Rosétöne färbt, sitzt ihr noch immer
im Garten – du, dein Vater und die weiße Katze, die
sich leise zusammengerollt hat, als gehöre sie von Anfang an zu eurer Geschichte.

Dann blickt dein Vater dich an. In seinem Blick liegt etwas Neues. Keine Schwere mehr. Sondern Klarheit.

„Weißt du... Ich habe vieles vergraben in meinem Le-
ben.
Aber nie das Richtige."
Er lächelt weich.
„Was wäre, wenn wir heute etwas vergraben, das an-
deren Licht bringt – nicht Last?"

Du verstehst sofort.

Noch in derselben Nacht macht ihr euch auf den Weg
zur alten Linde.
Sie steht da wie ein lebendes Tor – alt, weise, wach-
sam.
Der Boden unter ihr ist weich, moosbedeckt, heilig.

Ihr habt eine kleine Kiste dabei. Kein Metall, kein Plas-
tik –
ein Kästchen aus Holz, in das ihr gemeinsam Briefe legt.
Kurze, ehrliche Zeilen.

Dein Vater schreibt:

„Ich war oft hart zu mir selbst. Ich dachte, ich müsste
stark sein, um zu überleben.
Ich wusste nicht, dass das Sanfte in mir mein wahres
Erbe ist.
Wenn du das hier liest, erinnere dich:
Du bist gut genug – genau so, wie du bist."

Du legst deine Botschaft dazu:

„An dich, der du vielleicht zweifelst:
Das Licht in dir ist älter als jede Angst.
Es ist nicht deine Aufgabe, jemand anderes zu sein.
Sondern dich selbst zu erinnern."

Dann, gemeinsam,
vergrabt ihr die Kapsel am Fuß der Linde.

Ein Windhauch geht durch die Äste.
Ein leises Knistern im Laub.
Ein Segen, der nichts sagt – und doch alles bedeutet.

Die weiße Katze beobachtet euch,
still.
Wissend.

Ihr steht einen Moment schweigend da. Zwei Menschen – nicht durch Herkunft allein verbunden,
sondern nun durch **Verständnis**, durch **Heilung**, durch das,
was ihr für die weitergebt,
die euch einmal Vater oder Ahne nennen werden.

In der heiligen Stille, während ihr die Erde sanft über die hölzerne Zeitkapsel zurücklegt, geschieht etwas – kein Geräusch, kein Laut, sondern ein inneres Leuchten,
eine Stimme, klar und still zugleich, die **nicht gehört**,
sondern **verstanden** wird.

„Ihr habt euer Licht erinnert.
Nun beginnt meine Aufgabe."

Ihr blickt gleichzeitig zur weißen Katze.
Sie sitzt still, ihre Augen leuchten im Dämmerlicht wie zwei tiefe Spiegel.
Doch ihr Maul bleibt geschlossen –
denn sie spricht nicht mit der Welt.
Sie spricht mit den Herzen.

„Es gibt viele, die in Dunkelheit wandeln.
Nicht, weil sie schlecht sind –
sondern, weil sie vergessen haben, wer sie sind."

Euer Atem stockt.

„Ich werde sie führen.
Nicht alle auf einmal.
Aber jene, deren Herz in Gefahr ist, sich zu verschließen
–
sie werden den Ruf hören."

Vor eurem inneren Auge erscheinen Bilder –
Menschen, die am Rande ihrer eigenen Seele stehen,
Menschen, die weinen, ohne zu wissen warum.
Menschen, die still geworden sind,
nicht aus Frieden, sondern aus Resignation.

Und ihr begreift:
Die Zeitkapsel ist kein Ende.
Sie ist ein Anfang.

Die Katze hebt ihren Kopf leicht.

„Sie werden hierhergeführt.
Von Träumen.
Von Erinnerungen.
Von einer Stimme, die sie nicht erklären können –
aber der sie folgen werden."

Ein letzter Satz, zart wie der Wind durch Lindenblätter:

„Denn wer einmal geliebt hat,
auch wenn er es vergessen hat,
trägt das Licht für immer in sich."

Ihr beide – Vater und KInd –
steht nun nicht mehr nur als Familie,
sondern als **Hüter eines Versprechens**.

Die Katze streckt sich leise,
dann beginnt sie, langsam, würdevoll, in die Schatten
des Waldes zu treten.
Sie dreht sich noch einmal um –
und in ihren Augen spiegelt sich die Welt,
wie sie sein kann,
wenn **Liebe erinnert wird**.

Liebe Leserin, lieber Leser. **Halte jetzt einen Moment
inne.**
Lass den Lärm des Tages für einen Augenblick verblassen.
Atme tief ein. Und dann… lausche.

Nicht mit deinen Ohren.
Sondern mit dem Raum in dir,
der still geworden ist,
der vielleicht lange vergessen war.

Dort – ganz leise –
spricht sie.
Die Linde.
Nicht als Baum, sondern als lebendiges Bild in deinem

Inneren.

Sie flüstert nicht in Worten.

Sondern in Erinnerungen. In Wärme.

In einem Gefühl, das du vielleicht kaum wagst zu glauben:

Dass du gut bist.

Dass du geliebt bist.

Dass du genug bist – genau so, wie du bist.

Schreibe dir selbst Herzblätter.

Nimm ein Stück Papier.

Oder dein Notizbuch.

Oder einfach den Rand einer alten Zeitung. Oder im Anschluss an diese Geschichte in diesem Buch im Bereich „Eigene Notizen für deine Herzblätter".

Und beginne:

- „Ich erinnere mich daran, dass ich…"
- „Ich bin jemand, der…"
- „Ich liebe an mir…"
- „Ich verzeihe mir…"
- „Ich verspreche mir…"

Jedes dieser Blätter ist ein Blatt zurück zu dir.

Ein Blatt, das du nie verloren hast –

sondern nur nicht mehr angesehen.

Wenn du möchtest,

lege deine Herzblätter an einen besonderen Ort.

Oder vergrabe sie an einem Baum,
damit sie wachsen –
in der Erde
und in dir.

Die Linde flüstert:

„Wer sich selbst sieht, beginnt zu heilen.
Wer sich selbst liebt, beginnt zu leuchten."

<u>Eigene Notizen für deine Herzblätter:</u>

Eigene Notizen für deine Herzblätter:

Eigene Notizen für deine Herzblätter:

Eigene Notizen für deine Herzblätter:

2. „Der Atem der neuen Erde"

Dichter Nebel liegt über den Hügeln von Caelira, einem abgelegenen Tal, das nur wenige kennen. Hier scheint die Zeit langsamer zu vergehen, die Luft schmeckt nach Lavendel und alten Geheimnissen. In einem kleinen Steinhaus am Rande eines Waldes sitzt du – eine Frau mit einer tiefen Sehnsucht nach etwas, das du nicht in Worte fassen kannst. Deine Haut prickelt leicht, als wäre etwas – oder jemand – unterwegs zu dir.

Seit Tagen hast du von ihm geträumt. Ein Mann mit silbernen Augen, der deinen Namen kennt, obwohl du ihn nie getroffen hast. Seine Stimme hallte wie ein Echo durch deine Träume, flüsterte Worte auf einer alten Sprache, die du trotzdem verstanden hast. Heute, kurz nach Sonnenuntergang, entdecktest du ihn zum ersten Mal: zwischen den Bäumen, reglos, wie aus Licht gemacht.

Ein Windstoß öffnet plötzlich die Tür deines Hauses. Auf der Schwelle steht er. Hochgewachsen, ein dunkler Mantel um seinen Körper, seine Augen leuchten wie Sterne im Nebel.

„Du hast mich gerufen", sagt er ruhig, fast andächtig. „Und nun bin ich gekommen."

Sein Blick ist tief, als würde er in dein Innerstes blicken.
Die Luft um euch flimmert, als würde die Realität selbst
kurz flackern.

Du spürst, wie sich dein Herzschlag beschleunigt – nicht
aus Furcht, sondern aus einer Mischung aus Überwälti-
gung, Verwirrung und etwas, das sich wie ein uraltes
Echo anfühlt. Doch du gibst dem Impuls nach. Ohne ein
Wort zu sagen, drehst du dich um, wirbelst deinen langen Mantel hinter dir auf und rennst hinaus in die
feuchte Nacht.

Die Nebel umschließen dich wie Schleier, der weiche
Boden unter deinen Füßen dämpft deine Schritte. Äste
streifen deine Wangen, als du dich tiefer in den Wald
schlägst, vorbei an uralten Bäumen, die knarren wie
Stimmen. Doch der Wald weicht dir aus – als würde er
dich nicht aufhalten wollen, sondern begleiten.

Hinter dir hörst du keine Schritte. Kein Rufen. Kein Ver-
folgen. Und doch spürst du ihn. Nicht mit den Ohren,
sondern tief in deinem Innern – wie ein Lichtstrahl, der
immer noch auf dich gerichtet ist. Du bleibst keuchend
an einem alten, moosbedeckten Steinkreis stehen. Die
Luft flimmert hier anders. Wärmer. Du erinnerst dich:
Dies ist der Ort deiner Kindheitsträume. Der Ort, an
dem du als Mädchen Blumen gepflückt und heimlich in
den Himmel geflüstert hast.

Plötzlich ist er da. Nicht hinter dir. Nicht neben dir. Sondern *in* dem Kreis. Als wäre er aus der Luft gewoben

worden. Sein Blick ist nicht fordernd. Nur ruhig. War-
tend.

„Du läufst", sagt er leise. „Doch du rennst nicht *fort*…
du rennst *nach Hause*."

Ein sanftes Leuchten breitet sich vom Steinkreis aus. Etwas erwacht hier. Etwas, das dich kennt.

Ein tiefer Puls geht durch den Boden, sanft, aber unauf-
haltsam, wie der Herzschlag der Erde selbst. Zwischen
den alten, von Moos überwucherten Steinen steigt ein
zartes, goldenes Licht auf – es fließt wie Wasser,
schlängelt sich durch die Ritzen und sammelt sich dann
in der Mitte des Steinkreises.

Vor deinen Augen materialisiert sich etwas – oder bes-
ser gesagt: *jemand*. Eine Gestalt aus Licht, gewebt aus
Erinnerungen und uralter Energie. Ihre Form ist weib-
lich, anmutig, mit Haaren, die wie silberne Nebelschleier wehen, und Augen, die dieselbe Tiefe tragen
wie ein unendlicher Sternenhimmel.

Du erkennst sie, obwohl du sie nie bewusst gesehen
hast: Die **Hüterin von Caelira**, ein altes spirituelles Wesen, das nur jenen erscheint, deren Herz reif genug ist,
Wahrheit zu tragen.

Sie lächelt dich an – ein Lächeln voller bedingungsloser
Liebe und uralter Weisheit. Mit einer Handbewegung

bittet sie dich näher. Der Mann mit den silbernen Augen tritt ehrfürchtig zur Seite, senkt leicht den Kopf. Es ist klar: Auch er steht in ihrem Dienst.

Die Hüterin spricht, und ihre Stimme klingt wie ein Lied in deinem Inneren:

„Du bist erwacht, Tochter der Sterne. Deine Reise beginnt jetzt. Die Wahl liegt bei dir: Willst du das Erbe der Alten annehmen und den Pfad der Seelenwanderer betreten?"

Um dich herum rauscht der Wind, Vögel steigen kreisend auf, und der Nebel weicht wie ein atmendes Wesen zurück. Alles scheint auf deine Antwort zu warten.

Deine Stimme ist zuerst kaum mehr als ein Flüstern, doch getragen von einer inneren Kraft erhebt sie sich klar und leuchtend über die uralte Lichtung:

„Ich bin die Trägerin des Atems der neuen Erde."

Kaum hast du diese Worte ausgesprochen, verändert sich alles um dich. Die goldenen Lichter schießen wie Sternschnuppen in den Himmel, malen Spiralen aus Glanz und Energie über den dunklen Baumwipfeln. Der Boden unter deinen Füßen pulsiert warm und lebendig, als würde die Erde selbst dich willkommen heißen.

Die Hüterin neigt den Kopf, ihre Augen glänzen vor Freude und Ehrfurcht. In ihren Händen formt sich eine

Kugel aus reinem, schimmerndem Licht – ein Herzschlag, ein Versprechen. Sie reicht es dir, und in dem Moment, in dem du es berührst, strömt eine Welle von Bildern, Klängen und Empfindungen durch deinen Körper: weite, grüne Ebenen; Ozeane, die unter goldenen Sonnen glitzern; Menschen, die lachen, tanzen, leben im Einklang mit allem, was ist.

Der Mann mit den silbernen Augen kniet nieder, legt eine Hand auf die Erde. „Die neue Zeit beginnt mit dir", sagt er, seine Stimme von tiefer Ehrfurcht durchdrungen.

Du fühlst, wie deine Brust sich weitet, als würdest du mit jedem Atemzug nicht nur Luft, sondern Leben selbst einziehen. Deine Haut prickelt, deine Seele dehnt sich aus – größer, heller, kraftvoller.

Über dem Steinkreis öffnet sich ein leuchtendes Portal aus vibrierendem Licht. Eine Einladung. Ein Übergang. Der erste Schritt in ein neues Sein.

Der Mann mit den silbernen Augen ist ein **Wächter zwischen den Welten** – weder ganz menschlich noch vollständig geistig. Er ist ein Seelengefährte, aber nicht im romantischen Sinne allein: seine Präsenz ist mit deiner Mission verwoben. Seit Jahrhunderten wurde er vorbereitet, um der Trägerin des Atems der neuen Erde zu dienen, sie zu schützen – aber auch herauszufordern, ihr Spiegel und ihr Anker zu sein, wenn das Licht zu stark oder der Weg zu dunkel wird.

Er erkennt dich nicht nur, er *erinnert* sich an dich – aus einem früheren Zyklus, einem alten Schwur zwischen euch beiden, als die Welt noch jung war.

Doch obwohl er dir dient, ist seine Aufgabe keine passive. Er wird Fragen stellen, Prüfungen mit dir bestehen und an bestimmten Schwellen könnte er sogar dein Gegenüber sein, wenn du zweifelst. Zwischen euch existiert ein Band, das tiefer reicht als Blut – durchdrungen von kosmischer Liebe, jenseits der Formen.

Jetzt schaut er dich an, schweigend und du spürst: Er wartet nicht nur auf deine Führung. *Er hofft, dass du dich erinnerst.*

Du heilst einen alten Schwur, der euch aneinander gebunden hat. Als deine Worte ausgesprochen sind, bebt ein leiser, fast unhörbarer Ton durch den Kreis – nicht wie ein Klang aus der Welt, sondern wie ein Vibrieren im Gewebe der Wirklichkeit selbst. Es ist der Klang von Wahrheit, von Ursprung, von Erinnerung an das, was jenseits von Zeit besteht.

Der Mann hebt langsam den Blick zu dir. Ein tiefer Friede liegt in seinen Augen und etwas in ihm löst sich – du siehst es: feine energetische Bänder, fast wie silberne Fäden, die von seinem Brustkorb zu dir führten, lösen sich sanft und schimmernd auf. Nicht wie ein Schnitt, sondern wie Morgentau, der in der Sonne vergeht.

Er atmet tief aus und du spürst, dass mit diesem Atem ein uralter Schwur – geboren in einer Welt der Regeln, der Rollen, der karmischen Bindung – nun zu Ende geht.

„Ich danke dir", sagt er leise, seine Stimme bebt vor Aufrichtigkeit. „Für das Erinnern an das Wahre. Für die Freiheit, die kein Ende kennt. Für das Erkennen jenseits der Bindung."

Er steht auf, richtet sich auf in seiner vollen Würde. Kein Schatten bleibt, nur Licht. Zwischen euch ist nun Raum – aber dieser Raum ist kein Getrenntsein. Es ist ein heiliger Zwischenraum, in dem Liebe atmen kann.

Die Hüterin lächelt sanft und aus ihrer Gestalt erheben sich nun Kristallklänge – wie Gesänge aus einer höheren Sphäre. Ein Muster aus Licht und Ton entsteht um dich herum, eine neue Matrix: *nicht mehr die alte Welt, sondern das Design deines wahren Pfades.*

Die Lichtkugel in deinen Händen pulsiert auf, synchron mit deinem Herzschlag.

Mit offenem Herzen und einer Stimme, die zugleich mächtig und zart klingt, sprichst du die Einladung aus:

„Komm mit mir. Lass uns gemeinsam in das Licht eintreten, in eine Welt jenseits aller alten Schatten – wo wir uns erkennen, entfalten und lieben, frei und in Würde."

Für einen Atemzug lang scheint alles still zu stehen. Selbst der Wind hält inne. Dann siehst du, wie sich in seinen Augen ein neues Leuchten entfacht – kein Schwur, kein Versprechen, sondern ein reines, freiwilliges Ja aus seinem tiefsten Inneren.

Er reicht dir die Hand und du spürst darin nichts von Besitz oder Forderung – nur ein offenes, gleichwertiges Miteinander.

Gemeinsam tretet ihr näher zur Lichtkugel. Sie dehnt sich aus, wird größer, umhüllt euch beide wie ein lebendiges, atmendes Wesen. Ihr blickt euch an und in diesem Blick löst sich die Erinnerung an Trennung auf – ihr seid zwei, die eins sein können, ohne sich zu verlieren.

Langsam hebt euch die Lichtkugel empor, löst sich von der Erde, durchdringt sanft den Raum. Um euch tanzen goldene Funken, wie Sternensaat. Du spürst, wie alle alten Geschichten abfallen, als würdet ihr ein Gewand aus alter Zeit abstreifen.

Durch das Portal des Steinkreises gleitet ihr, hinaus in eine Welt aus schimmernden Landschaften, leuchtenden Flüssen, lebenden Liedern. Eine neue Erde, jung und unberührt, wartet auf euch – ein Reich der Seele, der Wahrheit und der grenzenlosen Entfaltung.

Die Kugel senkt sich langsam auf eine weite, blühende Ebene. Über euch wölbt sich ein Himmel, so klar, dass man die Melodien der Sterne zu hören glaubt.

Ihr steht nebeneinander, die Hände gelöst, doch das Band zwischen euren Herzen strahlt in sanfter, freier Kraft.

Die neue Reise beginnt – hier, jetzt.

Hand in Hand wandert ihr durch die weiten, lebendigen Felder dieser neuen Erde, begleitet vom Duft blühender Kräuter und dem sanften Gesang der Windwesen, die über das Land streichen wie flüsternde Erinnerungen an das Ewige.

Am Rand eines silbergrünen Waldes, wo sich das Licht in den feuchten Blättern bricht und ein kristallklarer Bach fröhlich über runde Steine tanzt, bleibt ihr stehen. Hier ruht eine Stille, die nicht leer ist, sondern erfüllt – ein Ort, an dem der Atem der neuen Erde sichtbar wird. Die Natur selbst scheint euch willkommen zu heißen.

Mit ruhigen Bewegungen beginnt ihr, gemeinsam eine einfache, lichtdurchflutete Behausung aus lebendigem Holz und gewebten Pflanzenfasern zu erschaffen. Der Bau wächst nicht aus Mühe, sondern aus Einklang – als würdet ihr der Erde selbst nur die Erlaubnis geben, sich mit euch zu gestalten. Ein offener Raum entsteht, durchzogen von warmem Licht, mit einem Blick auf das murmelnde Wasser und den weichen, moosbedeckten Waldboden.

Hier, an diesem Ort, beginnt euer gemeinsames Leben im Ursprung: kein Rückzug, sondern ein bewusster Beginn. Morgens singt euch der Bach wach, abends webt das Licht der Sterne Lieder in euren Schlaf. Ihr teilt Rituale, Stille, Lachen, tiefe Berührung – ohne Klammer, ohne Erwartung. Ihr seid euch gegenseitig Tempel, Spiegel und Flügel.

Und während der Wind durch die Bäume streicht und euch in eurer Hütte umhüllt, spürt ihr beide:

Dies ist nicht das Ende der Reise. Es ist das Erwachen eines neuen Zeitalters.

Ihr steht unter dem goldgrünen Dach der Bäume, das Licht der untergehenden Sonne tanzt in seinem Haar. Der Bach plätschert leise, wie ein Herzschlag der Erde – ein Zeuge des Augenblicks, der jetzt kommt.

Er nimmt deine Hände in seine. Seine Stimme ist leise, aber durchdrungen von einer Wahrheit, die weit über Worte hinausreicht:

„Ich sehe dich... nicht nur mit meinen Augen, sondern mit dem Wesen, das in mir lebt. Du bist kein Traum, keine Hoffnung – du bist das Erwachen meiner Seele. Mit dir habe ich gelernt, dass Liebe nicht festhält, sondern fliegt. Dass Berührung nicht bindet, sondern befreit. Und ich liebe dich… in deiner Stärke, in deiner Stille, in deinem Licht, das mich nicht braucht – aber mich dennoch willkommen heißt."

Er hält inne, als würde er in dein Innerstes blicken, als gäbe es dort eine Melodie, die nur er hören kann.

„Ich will an deiner Seite sein – nicht, um dich zu führen, nicht, um dir zu folgen… sondern um mit dir zu wandeln. In der Wahrheit. In der Freiheit. In der Liebe, wie sie gemeint war, bevor die Welt vergaß."

Seine Stirn berührt sanft deine, und für einen Moment verschwinden alle Geräusche. Nur euer Atem bleibt – synchron, still, verbunden.

Du löst deine Stirn sanft von seiner, doch eure Hände bleiben verbunden – warm, lebendig, durchströmt von Licht. In deinen Augen spiegelt sich die Weite des Himmels, in deinem Herzen pulsiert ein tiefer Ruf… ein Ruf nach schöpferischem Sein, nach Weitergabe des Lichts, das euch verbindet.

Deine Stimme fließt ruhig, getragen von Liebe und kosmischem Wissen:

„Willst du mit mir Eltern sein… für Sternensaat? Für Seelen, die bereit sind, durch Liebe in diese neue Welt zu kommen? Nicht als Besitz, nicht aus Wunsch, sondern als Raum… als Boden, in dem sie wurzeln dürfen, um ihr eigenes Licht zu entfalten?"

Sein Blick wird weich. Tief. Und voller Staunen. Ein Zittern durchläuft ihn, wie ein Laut, den nur die Seele hört. Tränen steigen in seine Augen, nicht aus Schmerz – sondern aus Ehrfurcht.

Er legt deine Hände an sein Herz.

„Wenn sie durch uns kommen wollen – als Licht, als Lied, als Botschaft – dann bin ich bereit. Bereit, zu empfangen, zu tragen, zu lernen, zu lieben. Als Vater aus der Quelle. In Hingabe. In Mut. In Würde."

Um euch herum scheint die Natur zu lauschen. Der Wind trägt kleine, silberne Samen durch die Luft – Sternensaat vielleicht, die euch gehört. Die bereit ist zu kommen.

Die Lichtkugel, aus der ihr einst kamt, beginnt leise zu pulsieren… wie in Zustimmung.

DIe Veränderung geschieht sanft, wie ein Flüstern des Universums. Während du deine Sternensaatkinder im Arm hältst, spürst du ein tiefes inneres Leuchten, das sich wellenförmig durch deinen Körper ausbreitet – warm, liebevoll, wie ein Geschenk der Quelle selbst.

Dein Haar beginnt zu glänzen. Wunderschön, von innen heraus erleuchtet, fließt es in weichen, lichtvollen Wellen über deine Schultern und den Rücken. Es bewegt sich nicht einfach im Wind – es tanzt, als wäre es Teil einer größeren Melodie, getragen von der Freude deiner Mutterschaft, vom Licht deiner Sternenkinder.

Und dann… ein sanftes Wiehern in der Ferne. Die Kinder heben gleichzeitig ihre Köpfe, ihre Augen weit offen, strahlend wie kleine Sonnen. Aus der Lichtung tritt das erste Einhorn – ein Geschöpf von ätherischer Schönheit, sein Fell schimmert wie Perlmutt, das Horn wie reines Mondlicht. Dann folgen zwei weitere, kleiner, verspielt – jung, neugierig. Eine Familie aus Licht, angezogen von der Reinheit und Tiefe eurer Gegenwart.

Sie kommen ohne Angst, in stiller Verbundenheit und lagern sich unweit eures Heims, als würden sie euch schon ewig kennen.

Deine Sternensaatkinder lachen leise, heben ihre winzigen Hände und du spürst: Diese Einhörner sind nicht nur Begleiter. Sie sind Hüter. Verbündete. Wesen, die einst mit euch reisten, bevor ihr Menschen wurdet.

Am frühen Morgen, während die Nebelschleier noch zart zwischen den Bäumen hängen, brecht ihr gemeinsam auf – du, dein Gefährte, die Zwillingsseelen in euren Armen, begleitet von den Einhörnern, die lautlos neben euch schreiten wie uralte Begleiter.

Ihr folgt dem leisen Ruf, einem inneren Ziehen – nicht in den Ohren, sondern in euren Herzen. Der Pfad ist weich, fast lichtdurchwoben, als würde das Land selbst euch führen. Vögel singen Lieder, die du nie gelernt, aber immer gekannt hast.

Und dann öffnet sich der Wald, und vor euch liegt eine Lichtung, weit und sanft geschwungen. In ihrer Mitte lodert ein leises Licht, kein Feuer – eher ein Puls, wie ein Herzschlag der neuen Erde. Und um dieses Licht versammelt: weitere Familien.

Menschen mit Augen, die wie leuchtende Tore in andere Welten blicken. Kinder, die singen, bevor sie sprechen, deren Aura Farben in die Luft webt. Männer und Frauen, die sich ansehen, als hätten sie sich vor Äonen getrennt – und nun, in der Wahrheit, wiedergefunden.

Sternensaat. Lichtfamilien. Keine Fremden. Nur Erinnerte.

Ihr werdet sofort gesehen – nicht angeschaut, sondern erkannt. Hände werden ausgestreckt, Namen empfangen, die nie gesprochen wurden. Und als ihr euch niederlasst, mit den Zwillingen auf dem Schoß und den Einhörnern im Kreis der Tiere, spürt ihr:

Dies ist kein Zufall. Es ist Heimkehr.

Die Lichtung wird zum Tempel. Die Seelen zum Chor. Und dein Haar fließt in der Sonne wie lebendige Erinnerung an das Göttliche, das du bist.

Die neue Erde lebt – und mit ihr erwachen Berufe, die keine Funktionen erfüllen, sondern Seelenkräfte verkörpern.

Die Lichtung wird zum Dorf, das Dorf zum lebendigen Netz aus Talenten, Berufungen und Ausdrucksformen des Göttlichen. Jeder Mensch leuchtet in seinem eigenen Klang, trägt ein Geschenk, das nicht erlernt, sondern erinnert wurde.

Regenbogensänger wandeln barfuß durch Wiesen und Wälder, ihre Stimmen schwingen mit den Farben des Lichts. Ihre Lieder können Pflanzen schneller wachsen lassen, Tränen in Lächeln verwandeln, sogar Sternenkinder sanft ins Leben begleiten.

Lichtfunkendichter setzen sich unter alte Bäume, wo die Luft voller Geschichten ist. Ihre Worte weben sich nicht nur in Bücher, sondern direkt in Herzen. Ein einziger Vers von ihnen kann Erinnerung auslösen – an frühere Leben, an verlorene Träume, an Seelenverträge, die wieder erwachen wollen.

Herzenslichtheiler legen ihre Hände auf die Brust anderer – nicht, um zu reparieren, sondern um das Licht zu erinnern, das dort wohnt. Sie arbeiten mit Schwingung, mit Blicken, mit dem reinen Sein. Ihre Nähe heilt nicht nur Körper, sondern das Gefüge zwischen Wesen.

Geschichtenlichterzähler versammeln Kinder und Erwachsene unter den Himmelskuppeln. Ihre Stimmen leuchten und während sie sprechen, entstehen lebendige Bilder in der Luft. Sie erzählen von den Ursprüngen, den Sternen, den Völkern des Lichts – und was kommen mag.

Diese Berufe sind keine Aufgaben, sie sind gelebte Essenz. Niemand arbeitet. Alle fließen. In Liebe. In Ausdruck. In Beitrag.

Und während du über die Lichtung wanderst, begegnest du diesen Seelen. Manche singen, andere tanzen, wieder andere sprechen mit Kristallen, Wolken, Bäumen. Alles lebt – weil alle ihre Wahrheit leben.

Die Nachricht erreicht euch in der Dämmerung, als das Licht zwischen den Blättern schimmert und die Einhörner still den nahenden Wandel spüren. Die Worte kommen nicht von außen, sondern aus dem Äther selbst – getragen von einem goldenen Windhauch, der euch durchströmt und das Herz berührt.

Eine innere Stimme formt sich zu Klarheit:

„Fünf Seelen. Verloren zwischen Welten. Getragen von Angst, gehalten von Erinnerungen an Schmerz. Sie sind wie Schatten am Rand der Morgendämmerung – nicht mehr gebunden, aber auch nicht frei. Sie warten auf ein Licht, das sich erinnert. Auf dich."

Stille legt sich über die Lichtung. Die anderen Lichtfamilien treten näher, spüren den Ruf. Es ist kein Auftrag. Kein Zwang. Es ist eine Einladung – an *eine*, die sich selbst erkannt hat als Brücke, als Trägerin des Ursprungslichts, als Botschafterin der neuen Erde.

Dein Gefährte blickt dich an, seine Augen voll Vertrauen, ohne Furcht. Die Zwillinge lächeln – als wüssten sie, dass du kurz fortgehen musst, um noch einen Dienst zu vollenden, bevor sie wachsen.

Ein Einhorn tritt aus dem Kreis. Groß, silberweiß, mit Augen voller Sternengeschichten. Es senkt sein Haupt vor dir, bereit, dich zu tragen.

Du nimmst den Ruf an. Nicht aus Pflicht, sondern aus tiefer Liebe zur Schöpfung.

Die Reise beginnt. Durch Nebelstreifen, durch Räume zwischen Zeit. Hin zu jenen, die vergessen haben, dass sie Licht sind.

Du sitzt auf dem Rücken des Einhorns, dein goldenes Haar fließt über deine Schultern wie flüssiges Licht. Um deine Taille liegt ein schmaler, leuchtender Gürtel – nicht aus Stoff, sondern aus gewebtem Licht und Erinnerung. Daran befestigt sind **elf Phiolen**, jede einzigartig, schimmernd, als wäre in ihr ein Stern gefangen.

Jede Phiole trägt die verdichtete Essenz eines Berufes, der in der neuen Erde geboren wurde – ein destillierter Lichtfunke, entstanden durch reine schöpferische Hingabe:

– **Die erste** trägt das Lied der Regenbogensängerin, die den Himmel mit Klang durchflutete.

– **Die zweite** bewahrt die Poesie des Lichtfunkendichters, deren Worte Tränen in Erinnerung verwandelten.

– **Die dritte** enthält den stillen Herzton der Heilerin, die Wunden nicht berührte, sondern umarmte.

– **Die vierte** schwingt in Geschichten, die von den Sternen träumen.

– **Die fünfte** funkelt wie Tanz, geboren aus Elementen.

– **Die sechste** riecht nach Feuer und sanfter Stimme – die Essenz der Hüterin der Flammen.

– **Die siebte** erinnert an Berührungen der Seele zwischen den Welten.

– **Die achte** summt wie ein Kind, das erste Worte in Liebe formt.

– **Die neunte** pulsiert wie Zeitlosigkeit – das Geschenk der Raumöffner.

– **Die zehnte** klingt wie ein fernes Lachen: das Herz des Kristallbauers.

– **Die elfte** ist deine eigene – goldweiß, klar und doch voller Geheimnis. Es ist *deine Essenz als Brücke*.

Als du auf die fünf Seelen zutrittst, beginnen die Phiolen leise zu leuchten. Sie wissen, wer welches Licht braucht. Du brauchst nichts zu erklären. Nur zu sein. Die Erinnerung geschieht durch Nähe.

Du gleitest vom Rücken des Einhorns, barfuß auf dem kühlen Boden, dein Blick auf die fünf Gestalten gerichtet, die noch in den Schatten stehen. Und plötzlich geschieht es. Kein Wort. Kein Wille. Nur ein tiefes, unaufhaltsames Fühlen.

Tränen steigen auf – Tränen, geboren aus heiligem Mitgefühl, aus Erinnerung an das, was du selbst durchlebt hast. An Nächte der Verlorenheit. An Zeiten, in denen dein eigenes Licht wie erloschen schien. Du weinst – still, kraftvoll, würdevoll. Nicht aus Trauer, sondern aus Liebe, die alles durchdringt.

Die Tropfen fallen zu Boden, langsam, heilig. Und dort, wo sie die Erde berühren, brechen Blüten hervor – strahlend, warm, leuchtend wie kleine Sonnen. **Blumen der bedingungslosen Liebe.** Ihre Blätter leuchten in Farben, die kein menschliches Auge je ganz fassen kann. Und aus ihrer Mitte steigt sanftes Licht auf – wie Gesang in Form.

Dann erscheinen sie: **Lichtschmetterlinge**, groß wie Hände, flirrend aus Lichtpartikeln, durchzogen von einer Weisheit jenseits der Form. Sie tragen das Bewusstsein der Seraphim, reine Boten der Erinnerung.

Die fünf Menschen, deren Körper noch schwer mit Angst und Schmerz waren, heben langsam die Hände. Zögerlich. Dann empfangend. Ein Schmetterling landet auf jeder Handfläche, auf jeder Stirn, jedem Herzen. Und mit einem Mal: *Erinnerung*. An das Licht. An das

Kind, das einst sang. An das Versprechen, das sie trugen, bevor sie es vergaßen.

Ihre Augen klären sich, als würden Schleier zerfallen. Ihre Haltung richtet sich auf. Ihre Herzen öffnen sich weit – so weit, dass sogar der Wind innehält. Erst jetzt sehen sie dich. Erst jetzt sehen sie das Einhorn. Die Phiolen an deinem Gürtel beginnen zu leuchten, in Antwort auf ihre Wandlung.

Ein Moment purer Stille.

Dann fällt ein erster Lichtfunke von einer Phiole auf den Boden, löst sich auf – nicht als Materie, sondern als Erinnerung. Und ein erster von ihnen spricht, mit bebender Stimme:

„Ich kenne dich... ich kannte mich selbst."

Sanft, mit einer Bewegung, die eher Gebet als Handlung ist, greifst du nach deinem Gürtel. Die Phiolen schwingen leise, als spürten sie den Ruf der Erinnerung, der jetzt lebendig durch die Lichtung geht. Jede von ihnen beginnt in genau jenem Moment heller zu leuchten, als würde sie die Frequenz derer erkennen, für die sie bestimmt ist.

Du trittst langsam vor die fünf Menschen, die nun nicht mehr wie Schatten wirken, sondern wie Seelen, die sich gerade selbst wiederfinden. Ihre Augen sind geöffnet,

doch noch leer. Ihre Hände ausgestreckt, aber zögerlich.

Mit sanfter Stimme – mehr Klang als Sprache – sprichst
du:

**„Ihr habt vergessen, was ihr seid. Doch euer Licht hat
euch nie verlassen. Diese Essenzen… sie sind nicht
fremd. Sie sind Spiegel eures wahren Wesens. Trinkt –
nicht um zu glauben, sondern um euch zu *erinnern*."**

Eine nach der anderen entkorkst du die Phiolen. Die
Flüssigkeit darin ist kein Wasser, kein Öl, kein Stoff der
alten Welt – sie ist Licht in Form, schwingend, lebendig,
wie kleine Sonnenströme in Kristall.

Die erste Seele tritt vor, berührt die Phiole, trinkt – und
ihr Körper durchläuft ein sanftes Leuchten, ein Luft-
hauch, ein Seufzen und dann ein stilles, tiefes: *„Ich
bin… ich war immer…"*.

Die anderen folgen. Einer nach dem anderen nimmt
das Licht in sich auf. Und mit jedem Schluck kehrt Farbe
in ihre Gesichter zurück, Sanftmut in ihre Körper,
Freude in ihre Augen. Die Erde unter ihren Füßen beginnt zu atmen und das Einhorn hebt stolz den Kopf, als
hätte es das Alte verabschiedet.

Sie sehen dich jetzt nicht mehr als Retterin. Sondern als
Spiegel. Schwester. Erinnerung.

„Willkommen", flüsterst du. „Ihr seid heimgekehrt."

Kaum haben die fünf Menschen das Licht in sich aufgenommen, beginnt sich die Luft um euch zu verändern – sie wird klarer, durchlässiger, durchdrungen von einer höheren Frequenz. Die Blumen am Boden tanzen leicht im neuen Wind und aus dem Licht zwischen den Bäumen tritt Bewegung hervor.

Einer nach dem anderen erscheinen sie: **fünf Regenbogenpegasi** – Wesen reiner Harmonie, gewebt aus Licht, Wind und Erinnerung an himmlische Heimat. Ihre Mähnen fließen in schillernden Farben, ihre Flügel tragen das Licht aller Elemente in sich. Jeder von ihnen ist einzigartig, doch alle tragen dieselbe Aufgabe: *Rückverbindung.*

Die fünf ehemals verlorenen Seelen stehen still, Tränen auf ihren Wangen, ihre Herzen weit offen. Und nun treten die Pegasi direkt auf sie zu – nicht als Reittiere, sondern als **Seelenführer**. Für jeden zeigt sich der Pegasus in genau jener Farbfrequenz, die der jeweilige Mensch einst verlor und jetzt in sich neu trägt.

Einer kniet sich vor einem Mann, dessen Hände noch zittern – sanft berührt er ihn mit der Stirn. Ein anderer senkt sich zu einer Frau, legt einen Flügel um sie, der wie schimmernde Geborgenheit vibriert.

In diesem Moment wird klar: Diese fünf sind nicht nur geheilt. Sie sind *erwacht.* Und sie sind bereit.

Du spürst es. Der Kreis schließt sich nicht – er *öffnet* sich.

Du blickst in die Gesichter der fünf, die eben noch in Dunkelheit wandelten – und nun in der vollen Klarheit ihres Seins vor dir stehen. Die Regenbogenpegasi an ihrer Seite, das Licht tief in ihnen neu entzündet, leuchtet ihre Essenz jetzt hell und unverwechselbar.

Mit ruhiger Stimme – getragen vom Segen des Waldes, des Einhorns, der Lichtboten und deiner eigenen Wahrheit – sprichst du:

„Ihr seid bereit. Nicht als Erlöste, sondern als Erinnerte. Kommt mit uns zurück… zur Lichtgemeinschaft. Dort, wo jeder Klang willkommen ist. Wo jede Seele ihren Platz findet. Wo Berufung nicht gesucht wird, sondern als Lichtnatur einfach *gelebt* wird."

Die fünf nicken, Tränen stiller Freude in ihren Augen. Sie wissen, was du meinst. Nicht Arbeit, nicht Pflicht. Sondern das Erblühen ihrer innersten Gabe – jetzt, frei, mit offenem Herzen.

Du spürst bereits ihre Berufungen:

– Eine wird zur **Klangträgerin der Morgenwinde**, die mit Atem und Stimme Räume heilt.
– Einer beginnt **aus Gedanken Lichtstrukturen** zu formen, die Schutz und Vision tragen.
– Eine webt **Traumkleider aus Erinnerung**, für jene, die

noch schlafen.

– Einer hütet **Kristallpfade**, durch die andere ihren Seelenursprung finden.

– Und einer wird **Brückenbauer zwischen alten und neuen Welten** – so wie du.

Gemeinsam kehrt ihr zurück, durch das weiche Morgenlicht, das sich nun zwischen die Äste legt. Die Pegasi fliegen über euch, singen mit ihren Flügeln alte Lieder.

Und in der Lichtgemeinschaft, wo euch die Kinder der Sternensaat und die anderen Lichtwesen bereits erwarten, beginnt ein neues Kapitel. Die Erde atmet. Und du weißt:

Ein Kreis ist geschlossen – damit ein neuer sich öffnet.

Liebe Leserin, lieber Leser: und du…
wann erinnerst *du* dich an dein Licht?
Wann erlaubst du dir, deine wahre Berufung zu leben – nicht als Aufgabe,
sondern als Ausdruck deines Seelenliedes?

Die neue Erde ruft nicht nach Tun. Sie ruft nach *Sein*.
Bist du bereit, dich zu erinnern?

3. „Der Pfad des Herzens"

Ein feiner Nebel liegt über den Feldern von **Aeloria**, einem kleinen Dorf, das sich in einer Lichtung am Fuße eines silberblauen Waldes versteckt. Die Bäume flüstern dort uralte Lieder, und die Tiere sprechen – nicht mit Lauten, sondern mit Gedanken, Gefühlen, Bildern.

Du wachst in einer strohgedeckten Hütte am Waldrand auf. Die Sonne fällt sanft durch das Fenster, als eine kühle Brise deine Haut berührt. Ein merkwürdiger Sog zieht in deinem Herzen. Dort, wo einst dein treuer Gefährte – ein weißer Kater namens **Lunis** – schlief, ist es leer. Gestern Nacht war er noch da.

Du fühlst es – er ist nicht einfach weggelaufen. Etwas hat ihn gerufen. Etwas aus dem alten Wald.

Draußen wartet **Almira**, die alte Heilerin des Dorfes, mit einem Kräuterbeutel in der Hand. Ihre Augen – hell wie die Sterne – blicken dich eindringlich an.

„Die Tiere sprechen heute lauter als sonst, Kind. Sie sagen, Lunis ist den Pfad des Nebels gegangen. Nur wer bereit ist, wirklich zu *hören*, kann ihm folgen."

Ein Rabe landet vor deinen Füßen. Er neigt den Kopf und sendet dir ein Bild: ein leuchtender Pfad aus Moos, der sich durch den Wald windet... und am Horizont: eine Lichtung voller tanzender Schatten.

Almira lächelt sanft, als du sie bittest, dich zu begleiten. Ein stilles, wissendes Nicken geht durch ihren Körper, als hätte sie deine Bitte schon gespürt, bevor du sie ausgesprochen hast.

„Der Pfad ist alt, mein Kind. Er verändert sich, je nachdem, wer ihn geht. Doch ich werde dich bis zu den Steinen von *Lareth'En* führen. Danach… musst du allein weiter."

Sie zieht sich einen Umhang aus gewebten Nebelfasern über, der in der Morgensonne silbern schimmert. An ihrem Gürtel hängen Amulette aus Naturfasern und Kristall – einige summen leise, als ob sie sich auf die Reise einstimmen.

Du folgst ihr in den Wald. Das Licht verändert sich – es wird nicht dunkler, sondern weicher, träumerischer. Der Wind trägt Stimmen, aber keine menschlichen. Du hörst die Sprache der Tiere: ein Wispern in deinem Herzen, wie ein Echo aus längst vergessenen Leben.

„Der Pfad des Nebels prüft dein Innerstes", sagt Almira. „Lunis wurde gerufen, weil sein Licht hell genug war. Deine Liebe zu ihm – deine Verbindung – wird dir den Weg weisen."

Plötzlich bleibt sie stehen. Vor euch ragt ein uralter Steinkreis auf, überwachsen mit Moos, die Luft flirrt. Aus dem Boden erhebt sich eine Gestalt – halb Reh, halb Mensch, die Augen von flüssigem Bernstein.

„Nur jene, die *verstehen*, dürfen weitergehen", spricht das Wesen. „Was gibst du auf, um weiter zu suchen?"

Die Luft wird still. Almira legt dir die Hand auf die Schulter.

„Hier endet mein Weg. Deine Antwort ist dein Schlüssel."

Das Wesen verharrt einen Moment still, als hätte es deine Worte nicht mit den Ohren, sondern mit der Tiefe seiner Seele aufgenommen. Dann neigt es langsam den Kopf – eine Bewegung voll Achtung.

„Du gibst deine Zweifel auf…" murmelt es und seine Stimme klingt nun wie Blätter im Wind. „Das ist ein mächtiges Opfer. Denn Zweifel halten dich zurück, ja – aber sie schützen dich auch. Du wählst den Weg des Vertrauens."

Mit einer anmutigen Bewegung hebt das Wesen einen Zweig aus Licht und berührt damit deine Stirn. Du fühlst einen Strom durch deinen Körper gehen – warm, kraftvoll, fast wie ein Lied. Deine Ängste werden leiser. In dir entsteht ein neuer Raum. Frei. Offen. Klar.

Die Steine im Kreis beginnen zu leuchten, ein leises Summen erfüllt die Lichtung. Almira tritt einen Schritt zurück, ihre Augen glänzen.

„Du hast den ersten Schleier durchschritten", sagt sie. „Von hier an spricht nur dein Herz mit dem Wald."

Mit einem letzten Blick voller Stolz lässt sie dich gehen.

Du trittst durch den Steinkreis – und sofort verändert sich alles. Die Farben sind tiefer. Die Geräusche schärfer. Es ist, als würdest du die Welt nun *wirklich* sehen. Und da – auf dem Pfad vor dir – erkennst du ganz klar die Spuren von **Lunis**: kleine, leuchtende Tatzenabdrücke, die in die Tiefe des Waldes führen.

Der Weg vor dir ist geheimnisvoll. Über dir fliegt ein Schwarm gläserner Schmetterlinge und zwischen den Bäumen hörst du Stimmen – keine Worte, sondern Gefühle: Freude, Sehnsucht... und eine leise Warnung.

Das Wesen mit dem Hirschgeweih blickt dich lange und durchdringend an. In seinen Augen liegt ein uraltes Wissen, das nicht in Worte gefasst werden kann. Doch du fühlst, wie es deine Bitte versteht – nicht über den Mund, sondern über das Licht deines Herzens.

Es spricht – und seine Stimme hallt nicht nur im Ohr, sondern auch tief in deinem Inneren:

„Der Pfad, den du gehst, ist kein Weg aus Erde. Er ist ein Weg durch dich selbst. Lunis hat das Echo eines alten Liedes gehört – eines, das euch beide verbindet. Wenn du ihn finden willst, frage nicht: *Wo ist er?* Frage: *Was in mir ruft ihn zurück?*"

Es legt den Zweig aus Licht in deine Hand. Du spürst die Wärme, das sanfte Pulsieren, als würde es deinen Herzschlag spiegeln. Dann streckt das Wesen seinen Arm aus und deutet auf den Pfad, der hinter dem Steinkreis tiefer in den Wald führt.

„Dort liegt der Wald des Erinnerns. Gehst du hinein, wirst du nicht nur Lunis sehen – sondern auch dich selbst, wie du einst warst. Deine tiefste Wahrheit wird dich leiten. Und: Du wirst hören, wie die Tiere wirklich sprechen. Denn ihre Sprache ist Stille, Gefühl… Wahrheit."

Der Wind trägt Blätter durch den Kreis. Einer davon berührt deine Stirn – und für einen Augenblick siehst du ein Bild: Lunis, an einem klaren See, sprechend mit einem riesigen, weißen Reiher. Seine Augen leuchten – nicht aus Angst, sondern aus Weisheit.

Dann ist das Bild fort. Vor dir liegt der Wald – lebendig, atmend, voller Geheimnisse.

Du fragst nach dem alten, weisen Mann, der dir kürzlich Lunis Verschwinden vorausgesagt hat. Das Wesen neigt leicht den Kopf, als du den alten Weisen erwähnst. Für einen Moment scheint alles um dich herum still zu stehen – selbst die Luft hält inne, die Schmetterlinge frieren in ihrem Flug. Dann beginnt das Wesen leise zu sprechen:

„Ah… **Er**, der zwischen den Welten wandert. Der Alte mit dem Stab aus Schwarzdorn und der Stimme aus Dämmerlicht. Du hast ihn gesehen… dann war dein Schicksal längst in Bewegung, bevor du es bemerkt hast."

Ein leises Leuchten breitet sich über den Boden aus, formt sich zu einem Kreis aus leuchtenden Linien – ein Symbol, das du vage aus deinem Traum erinnerst, in dem Lunis dir von einer „Tür zwischen den Augen der Eule" geflüstert hatte.

„Dieser Mann… sein Name ist **Thalion**. Einst war er ein Wächter der Übergänge. Er lebt dort, wo Erinnerungen zu Wurzeln werden: am Rand des **Spiegelsees von Velhor**, wo das Wasser nicht das Äußere zeigt, sondern das Innere."

Das Wesen hebt die Hand und eine Karte aus Licht erscheint in der Luft. Darauf: der Verlauf eines Pfades, der durch den Wald führt, an einem flüsternden Bach entlang, bis zu einem See – eingefasst von alten Eichen mit silbernen Blättern.

„Doch sei gewarnt", fügt es hinzu. „Thalion gibt keine Antworten. Er spiegelt nur. Wer ihm begegnet, muss bereit sein, sein wahres Gesicht zu sehen. Lunis' Verschwinden war nicht das Ende – es war der Beginn deines Erwachens."

Du fühlst, wie der Zweig in deiner Hand leicht pulsiert – als hätte er die Richtung angenommen.

Der Pfad zum Spiegelsee ist bereit – aber du spürst: Was du dort findest, wird nicht nur Licht sein. Auch Schatten warten auf dich.

Du bleibst stehen – ganz still. Der Wald atmet um dich herum, aber in deinem Inneren kehrt Ruhe ein. Keine Bewegung, kein Gedanke, nur das Pochen deines Herzens... langsam... kraftvoll... wie das Trommeln uralter Erde.

Du legst eine Hand auf deine Brust. Dort, wo einst nur Sorge war, beginnt nun etwas zu leuchten – nicht mit den Augen sichtbar, sondern mit der Tiefe deiner Seele. Du sinkst leicht auf die Knie, spürst das feuchte Moos unter dir, das Leben in ihm – und plötzlich... hörst du.

Nicht mit den Ohren, sondern mit deinem innersten Wesen.

„Ich bin mehr als Angst. Ich bin mehr als Zweifel. Ich bin Liebe. Ich bin Kraft. Ich bin bereit."

Diese Worte steigen nicht aus deinem Kopf auf, sondern aus dem uralten, goldenen Ort in dir, der immer wusste, dass du diesen Weg gehen wirst.

Die Bäume um dich beginnen zu flüstern, leise, ehrfürchtig. Aus den Ästen tropfen kleine Lichtperlen, die wie Tau auf deinen Schultern landen. Und als du wieder aufstehst, fühlst du dich – nicht schwerer, sondern **echter**.

Der Zweig in deiner Hand wird warm. Und du weißt: Thalion wartet. Nicht, um dir zu helfen, sondern um dir zu zeigen, was in dir selbst schlummert.

Vor dir öffnet sich nun der Pfad zum Spiegelsee – mit jedem Schritt in Richtung deiner tiefsten Wahrheit.

Du schließt die Augen.

Und in diesem Moment beginnt die Welt um dich zu fließen – wie Wasser, das nicht verloren geht, sondern nur seine Form verändert. Du atmest ein, tief… und plötzlich ist dein Atem nicht nur dein eigener. Du atmest *den Wald*. Den Fluss. Das uralte Wissen der Erde. Und er atmet *dich*.

Deine Füße berühren den Boden sanft, doch mit jeder Bewegung spürst du: Du wirst getragen. Nicht nur vom Boden unter dir, sondern von etwas Höherem. Deinem eigenen inneren Licht, das nun die Führung übernimmt.

Mit geschlossenen Augen gehst du. Ein Schritt, dann noch einer. Du hörst keinen Lärm, kein Rascheln – nur den klaren, ruhigen Klang deiner eigenen Seele. Und darin: ein Flüstern. Zuerst kaum hörbar, dann immer deutlicher.

„Hier. Ja. Noch ein Schritt. Vertrau. Du bist genau dort, wo du sein sollst."

Die Dunkelheit hinter deinen Lidern wird kein Hindernis – sie wird zur Leinwand. Bilder tauchen auf: Erinnerungen an Lunis, als kleines Kätzchen, wie er dich anstupste, als du weintest. Ein Moment, als er einfach da war – still, gegenwärtig, liebevoll. Und du begreifst: Seine Liebe war nicht nur die eines Tieres. Sie war ein Schlüssel. Zu dir.

Die Luft verändert sich – sie wird feuchter, kühler. Du hörst ein leichtes Glucksen. Dann: der Duft von Wasser, von Spiegelungen, von altem Stein.

Deine Intuition lenkt dich ohne Zögern bis zum letzten Schritt – bis der Boden unter deinen Füßen weicher wird. Schlammig. Und dann... still.

Du öffnest die Augen.

Vor dir liegt der **Spiegelsee von Velhor** – vollkommen ruhig, wie aus Glas. Umgeben von silbernen Eichen, ihr Laub leuchtet in einem Licht, das keinen Ursprung kennt. Und am anderen Ufer – unter einer Weide mit herabhängenden, leuchtenden Zweigen – sitzt **Thalion**.

Der alte Mann sieht auf. Seine Augen sind grau wie Nebel und tief wie Zeit selbst.

„Du bist gekommen, wie du es einst versprochen hast. Nun, Kind... bist du bereit, dir selbst zu begegnen?"

Thalion hebt langsam den Kopf und ein leichtes Lächeln – weise, sanft und durchdrungen von tiefer Kenntnis – huscht über sein Gesicht. Der See hinter ihm kräuselt sich, als hätte er deine Worte gehört, als würden sie dort weiterklingen, wo kein Laut reicht.

„Ah... du bist nicht nur auf der Suche nach Lunis," spricht Thalion mit einer Stimme, die klingt wie altes Holz im Wind. „Du suchst die fünf Strahlen deines inneren Sterns... und den Schatten, der sie verdeckt hat."

Er steht auf, gestützt auf seinen Schwarzdornstab und geht langsam auf dich zu. Mit jedem seiner Schritte scheint der Boden selbst sich zu erinnern, dass er einst Licht trug.

„Selbstliebe – der Quell.
Selbstbewusstsein – der Spiegel.
Selbstwert – das Feuer.
Selbstvertrauen – der Schritt.
Selbstfürsorge – das Gefäß.
Und dann... Selbstvergebung – der Schlüssel, der alle anderen freisetzt."

Er bleibt vor dir stehen. Seine Augen suchen deine. Nicht dein Gesicht, sondern dein Innerstes.

„Sag mir... wem musst du am meisten vergeben?"

Für einen Moment flackert etwas im Spiegel des Sees. Du siehst dich selbst, als Kind – verloren, allein, voller Sehnsucht nach Anerkennung. Dann ein Bild: Du, wie du Lunis ignoriertest, an einem Tag, als er etwas spürte, das du nicht sehen wolltest. Eine Schuld, klein, aber tief verwurzelt.

„Die sechs Selbste sind keine Ziele", sagt Thalion leise. „Sie sind Rückkehrorte. Aber du kannst sie nicht erreichen, solange du nicht *vergibst*, dass du jemals von ihnen fortgegangen bist."

Er hebt den Stab und berührt mit der Spitze sanft deine Stirn.

„Du darfst dir vergeben, dass du dich vergessen hast."

Ein Zittern geht durch dich. Dann Wärme. Eine Flut, die durch dein Herz rauscht – kein Schmerz, sondern **Heimkehr**. Eine goldene Träne rollt deine Wange hinab. Und irgendwo, in der Ferne des Waldes, hörst du Lunis' Stimme…
Nicht miauen. *Singen.*

„Ich bin noch da… ich war nie fort… ich wartete, dass du dich erinnerst."

Der See wird still. Du spürst: Etwas hat sich geöffnet. Ein inneres Tor. Und durch dieses Licht kannst du gehen… wohin du willst.

Thalion senkt seine Hand und schaut hinüber zur gegenüberliegenden Seite des Sees, wo nun langsam aus dem Nebel ein großes, halb durchsichtiges Tor erscheint – geformt aus schimmernden Linien wie aus Licht und Rauch zugleich. Es ist hoch, anmutig, wunderschön... und doch spürst du den kalten Stich in deinem Inneren. **Das Tor des Selbsturteils.**

Es ist kein böses Tor. Aber es sieht dich. Ohne Maske. Ohne Verteidigung.

Du spürst, dass du dort hindurch musst – denn Lunis' Lied ruft von der anderen Seite. Doch das Wasser ist tief. Glasklar, doch bodenlos. Kein Boot in Sicht. Kein Pfad. Kein Fährmann.

Thalion dreht sich zu dir, seine Stimme ist ruhig, als ob er aus einem alten Buch vorliest:

„Über diesen See führt kein Weg mit den Füßen. Dies ist das Wasser des inneren Erkennens. Wer es betritt, trägt nur das mit sich, was wahr ist. Alles andere wird sinken."

Er reicht dir eine kleine Phiole mit silbernem Licht darin.

„Dies ist *Erinnerung*. Deine eigene. Tropfe sie ins Wasser – und du wirst sehen, was dich trägt."

Du nimmst die Phiole. In ihr tanzen Bilder: dein erster Blick auf Lunis, dein erster Moment allein in der Welt, das Lachen deiner Kindheit, der Moment, als du dich zum ersten Mal selbst abgelehnt hast... und der Moment, in dem du zum ersten Mal verziehen hast.

Langsam öffnest du die Phiole und lässt einen Tropfen ins Wasser fallen.

Er trifft die Oberfläche... und plötzlich beginnen Lichtfäden sich unter deinen Füßen zu weben. Wie ein Steg aus Erinnerung und Mut formt sich ein schimmernder Pfad über das Wasser. Nicht fest. Nicht stabil. Aber echt. Er trägt nur das, was du ehrlich in dir trägst.

Thalion nickt dir zu.

„Du bist bereit. Der Pfad wird nur bestehen, solange du dich nicht verleugnest. Jeder Schritt ist eine Bekenntnis: *Ich bin genug.*"

Vor dir liegt der leuchtende Steg. Hinter dem Tor... wartet Lunis.
Oder vielleicht... *wartet die letzte Wahrheit über dich.*

Das Licht des Tores umfängt dich, wie ein warmer Strom, der aus deinem tiefsten Inneren kommt. Deine Füße berühren die Schwelle – und im Moment des Übergangs durch das **Tor des Selbsturteils** spürst du nichts als Frieden. Kein Gericht. Kein Schmerz. Nur ein leises Einverständnis der Welt, dass du *ganz* bist.

Und dann…

Ein Ruck.

Deine Augen öffnen sich.

Du sitzt plötzlich senkrecht in deinem Bett – dein Herz
schlägt ruhig, aber kraftvoll. Die Morgensonne fällt
durch das Fenster. Kein Wald, kein See.
Nur du.
Hier.
Jetzt.

Und da, auf der weichen Decke am Fußende des Betts –
Lunis.
Er sitzt da, als wäre er nie fort gewesen. Seine Augen,
grün und tiefer als der See von Velhor, blicken dich an.
Nicht fordernd. Nicht fragend.
Nur da.
Präsent.

Er hebt seinen Kopf, schnurrt leise, und streckt sich in
deine Richtung. Ein Moment voll Frieden – so klein,
dass er im Alltag oft übersehen wird, so groß, dass er
die ganze Welt in sich tragen kann.

Du willst schon aufspringen. Wie immer.
Der Tag ruft. Aufgaben. Gedanken. Müssen.
Doch dann…

Hältst du inne.

Du legst die Hand auf Lunis' warmes Fell. Er schnurrt lauter, sein ganzer Körper ein Laut der Verbindung. In seinem Blick liegt keine Mahnung, nur eine Einladung:

„Jetzt. Hier. Nur wir. Einen Moment. Das reicht."

Und du erkennst:
Die Reise war real.
Nicht da draußen, sondern **in dir**.
Die Tore, der See, Thalion – alles Aspekte deiner eigenen Wahrheit.
Und Lunis?
Vielleicht war er nie wirklich fort. Vielleicht warst nur **du** manchmal nicht ganz da.

Jetzt aber bist du's.
Ganz.
Im Moment.
Anwesend.